KB005147

문학과지성 시인선 214

가진 것 하나도 없지만

金光圭 詩集

문학과지성사에서 펴낸 김광규의 시집

우리를 적시는 마지막 꿈 (1979)
아니다 그렇지 않다 (1983)
크낙산의 마음 (1986)
좀팽이처럼 (1988)
아니리 (1990)
물길 (1994)
누군가를 위하여(2001, 시선집)
처음 만나던 때(2003)
시간의 부드러운 손(2007)
하루 또 하루(2011)
오른손이 아픈 날(2016)

문학과지성 시인선 214
가진 것 하나도 없지만

초판 1쇄 발행 1998년 5월 22일
초판 6쇄 발행 2017년 12월 5일

지 은 이 김광규
펴 낸 이 이광호
펴 낸 곳 ㈜문학과지성사

등록번호 제1993-000098호
주 소 04034 서울 마포구 잔다리로 7길 18(서교동 377-20)
전 화 02)338-7224
팩 스 02)323-4180(편집) 02)338-7221(영업)
전자우편 moonji@moonji.com
홈페이지 www.moonji.com

ISBN 89-320-1004-8 02810

문학과지성 시인선 214

가진 것 하나도 없지만

김광규

1998

시인의 말

일곱번째 시집을 펴낸다. 여기에 실린 작품 77편은 1994년 여름부터 1998년 이른 봄까지 4년에 걸쳐 발표되었다.

이 시기에는 특히 우리 경제의 도약과 침체가 현저한 양상을 드러냈다. 1인당 국민소득 1만 달러를 달성했고, 2백여만 대의 자동차를 생산하여 세계 5대 메이저의 위치를 차지했으며, 국내 승용차 수요가 1천만 대를 돌파했다는 소식이 한동안 요란했다. 그러나 뒤이어 닥쳐온 외환 위기와 금융 대란으로 엄청난 외채에 시달리게 되었다. 게다가 세계화의 덫에 걸려 우리의 전통적 문화와 예술마저 존립의 위협에 직면하고 있다.

이러한 상황 속에서 아직도 시를 통하여 발언할 수 있다는 것을 나는 물질주의에 대한 정신의 승리라고 자부하기에 앞서, 겸허하게 감사해야 할 일이라고 생각한다. 이 고마움 또한 시의 언어와 형식으로 전달할 수 있어야 할 것이다.

1998년 봄
김 광 규

가진 것 하나도 없지만

차 례

제5부 나무로 만든 부처

제6부 가을 숲에서

제1부

중얼중얼

종

동록이 슬은 구리의 침묵 깨뜨려
몇백 년 간직해온 함성과 신음 되살려주고
그윽한 울림 사라지면서
더욱 큰 고요를 남기는 듯

중얼중얼

차렷!
한마디로 연대 병력을 움직이고
목숨을 바쳐 싸우겠습니다 여러분!
목쉰 부르짖음으로 군중을 열광시키고
사랑해 당신을
달콤한 속삭임으로 흔들리는 마음을 사로잡고
자장면 하나에 짬뽕 둘!
경제 성장률 하향 조정! 임금 총액 동결!
예수를 믿지 않으면 지옥에 갑니다!
자반고등어나 먹갈치 사려!
저마다 목청 높여 부르짖는데
중얼중얼
혼자서 지껄이는 말
누가 들으려 하겠는가
어디를 가나 그래도 바람결에 실려
끊임없이 중얼거리는 소리
들리지 않는 곳 없고
한평생 중얼거리는 사람 또한
없지 않으니
알 수 없는 일이다
중얼중얼중얼……

듣고 싶은 입

맥주와 포도주는 물리지 않았다. 그러나
부르스트와 케제, 감자와 돼지고기, 닭튀김과 훈제 연어 따위에 넌더리났다.
한국 식당이나, 때로는 교민 가정에서
고추장, 김치, 된장국, 불고기, 잡채, 생선구이 따위를
배불리 먹고 돌아와도
외국시 번역처럼
좀처럼 만족할 수 없었다.
조선오이, 알타리무, 새우젓, 물오징어와 먹갈치, 메밀묵과 찹쌀떡 따위는
먹고 싶은 것이 아니라
창밖을 지나가는 소리로 듣고 싶었다.
귀는 낯선 침묵에 피곤해지고
입은 아무리 떠들어도 적적하기만 했다.

침묵 요금

엄마는?

(멀리 북유럽에서 동아시아로 들려오는 가까운 목소리)

엄마는 이제 전화를 받을 수 없다.

…

(아무 말도 없다고 쓰는 대신 점을 네 개 찍어서 원고지의 한 줄을 메꾸는 것은 작가적 양심에 어긋나는 행위라고 매도한 문인도 있었다.)

…

그럼 엄마가?

그래, 사람은 누구나 한번은…

믿을 수 없어.

…

아빠.

그래.

…

(0시 이후 45분 24초 동안 아빠와 딸 사이에 오고 간 몇 마디의 짤막한 대화와 긴 침묵에 대하여 ₩27,849의 전화 요금이 부과되었다.

사람은 누구나 한번은 침묵할 수밖에 없다.

이제는 지구의 이쪽에서 저쪽으로 침묵도 들려줄 수 있게 되었지만…)

해시계

마늘을 약초로 기르는
중세 수도원 뒤뜰
고딕 건물의 낡은 이마에
빛바랜 해시계
맥주 한잔 곁들여 부르스트를 사먹거나
야외 카페에 앉아 차 마시지 않고
길 한가운데 서서
좀처럼 움직이지 않는
해시계를 바라본 적이 있다
낯선 도시의 여름 한낮
사진도 찍지 않고
그저 바라보기만 했던 해시계
잠깐 멈추었던 그 시간
지저분한 온갖 기억들 속에서
중요하지도 않은 그 순간이 왜
밤에도 빛나고 있는지

예술가

옛날에는 예술가라고 불렀다
뒤로 걷다가
앞으로 돌아다보고
아래로 올라가다가
위로 떨어지고
정장을 갖춰입고 목욕한 다음
맨몸에 넥타이를 매고
거울 속으로 들어가서
엉엉 웃다가
죽어서 살아나는 사람을
지금은 정신병원으로 보내지만

제2부
그리운 세상

혀빠지게 힘든 일

혀빠지게 힘든 일
잠깐 멈추고
공사장 바닥에 털썩 주저앉아
두 다리 쩍 벌리고
땀을 닦으며
홍어 썩는 냄새 풍기는 아줌마
잡부는 슬프다
수건 쓰고 콩자갈 져나를 때보다
참 먹고 화장할 때가 오히려

대성당

161m 종탑 끝까지
그 많은 벽돌을 한개 또 한개
500년 동안
수직으로 쌓아올렸다
그 많은 벽돌공의 손끝으로
완공된 대성당에서
100년이 지난 오늘도 성스러운
미사를 올리고 있다
입구에서는 건축 노동자들이 머리띠 두르고
연좌 데모를 하는 중이고

석근이

여의도 지하철 공사장 지나가다가
길이 막혀 철판 위에 서 있으려니
좌회전 우회로를 가리키는 늙은 인부 한 사람
거무튀튀한 얼굴과 귀에 익은 쉰 목소리
안전모 쓰고 노란 깃발 흔드는 모습
돌아보니 틀림없는 석근이
국민학교 시절 닭쌈 잘하던 놈
돌처럼 무겁게 시골에 뿌리박고
농사꾼으로 한평생 살아온 친구
지난 가을 시제 때 말했었지
쌀농사 공들여 지어봤자
한 가마에 십이만오천 원
한 섬지기라야 별것 아니여
겨우 먹고 살 수는 있다 해도
아이들 가르치기는 힘들어……
고향의 담북장과 동치미 맛
쉰 살이 넘도록 지켜왔는데
넓은 멧갓과 적잖은 논밭 놀려둔 채
일당 오만 원의 일용 잡부가 되어
마침내 서울로 올라온 석근이
안전모와 작업복이 어색한 농부

탄곡리에서

송전탑보다도 높이 쌓인 석탄더미들
사이로 골짜기에 슬레이트 지붕 다닥다닥
엉겨붙은 탄곡리 마을
손수레도 다닐 수 없는 좁은 길
시커먼 땅바닥에 시멘트 부대 펼쳐놓고
취나물을 말린다
인디언 얼굴을 흉내낸 아이들이
끊어진 그넷줄에 매달려 비명을 지르고
담배 가게에서는 여자들 싸우는 소리
머리 감고 퇴근하는 노동자들
일터로 다시는 돌아가지 않을 듯
단호한 걸음걸이로 언덕길을 내려온다
나환자 수용소에 들어온 관광객처럼
미안하게 숨죽이고 걸어가려니
오랜 여행에 때묻은 남방 셔츠조차
너무나 하얗게 느껴지는 곳
주인도 손님도 없는 동네 입구에서
가슴 깊숙이 날아드는 석탄 먼지
떠나는 발걸음을 무겁게 한다

주머니 없는 옷

결국은 먼 길을 떠날 터이니
좋은 옷감으로 큼직하게
여행복을 장만한 것은 잘했네
하지만 여비조차 필요없는 여행에
주머니가 왜 그렇게 많은가
맵시나게 덮개를 만들어 붙이거나
단추로 채우기도 하고
돈지갑이나 여권을 넣을 속주머니는
아예 지퍼로 잠글 수 있도록 하고
크고 작은 주머니가 모두 합쳐서
스물세 개나 달렸다니
아무리 유행이라 해도 너무 많지 않은가
따르던 무리도 별다른 소용없이
어차피 빈손으로 홀로 떠날 길이라면
마지막으로 입고 갈 옷에 왜
그 많은 주머니를 만들었단 말인가
주머니 없는 옷 한 벌이면 될 것을

유리 닦는 사람

호텔 아메리카나 현관에서 유리 닦는
사람을 보았는가
후줄근한 신사복 위에 검은 작업복을 껴입고
유리문에 바싹 붙어서서 어색하게
잡일을 익히고 있는 동양인
세정제 스프레이를 뿌려가면서 닦고
또 닦아 유리가 없는 것처럼 보이는데도
계속해서 닦고 또 닦는
남자를 본 적이 있는가
가족과 함께 쇼핑을 하던 아버지였는지
퇴근길에 술 한잔 즐기던 월급쟁이였는지
고속버스 터미널에서 신문 파는 아저씨였는지
주춧돌을 옮기며 땀 흘리던 막일꾼이었는지
자세한 기억은 나지 않겠지만
지금은 유리 닦는 사람
저 친구를 어디선가 만난 적은 있는가
금융 시장을 움직이는 브이아이피
환차익으로 재미보는 일본 관광객들
모피 외투를 입어보려고 한국에 온 듯
인도네시아의 부잣집 가족들

점심을 약속한 유명 인사들과
세탁물을 찾아가는 운전 기사
별의별 사람들 다 드나들어도
한눈 한번 팔지 않고 혼자서
유리문을 닦고 또 닦는 사람
깨지기 쉬운 유리에 매달려 살아가는 잡역부
저 사람은 여기서 혼자 일하고 있지만
서울에서 상하이에서 샌프란시스코에서
유리 닦는 사람
수없이 많음을 알고 있는가

모르쇠

삼십 년이 지나갔어도
그의 얼굴은 변하지 않았다
이마가 넓었던 데 비하면
별로 대머리가 까진 편도 아니고
아직도 젊은 얼굴에
눈초리만 날카로워졌다
누가 무엇을 물어도 모른다고 대답하는
그의 목소리는 귀에 익었다
받기는 했지만 돈을
먹지는 않았다고 그는
당당히 증언하기도 했다
현금을 사과 상자에 넣어서
또는 거액의 수표로
아니면 은행 구좌를 통하여
도대체 큰돈을 받은 적 없이 살아온
우리들만 변함없이 그대로 있지 않은가
변해야 산다고
역사는 결코 반복하지 않는다고
외치던 그는 이렇게 달라졌는데

구석 자리 사람들

넓은 홀 샹들리에 불빛 아래
한번도 제대로 나서보지 못하고
언제나 비켜서서 쓰레기 치우거나
기둥 옆에 숨어서서 일할 차례 기다리고
계단 및 비스듬한 천장 아래 쭈그리고 앉아
차디찬 도시락 까먹던 사람들
힘겹게 아들딸 길러 대학까지 보낸
청소원 아줌마와 주차장 아저씨들
느닷없이 고층 빌딩 주저앉으며
무너져내린 순간
거대한 연회장과 화려운 매장 한가운데서
수많은 목숨 죄없이 깔려 죽었는데
구석 자리에 숨어서 일하던
막일꾼 아저씨와 아줌마들
덮쳐내린 죽음의 무거운 어둠 헤치고
햇빛 찾아 꿋꿋하게 살아나오데

여름에 일어난 사건

팔오금팽이가 짓무를 만큼 무더운 여름
매미와 여치조차 울기에 지친 날
수박장수의 확성기 소리 시끄럽고
TV 화면에서는 브라질과 네덜란드 축구팀이
8강 진출을 다투던 순간
느닷없이 터진 특종 뉴스
한 해만 더 살았더라면 50년
새로운 기록을 세울 뻔했는데
사람은 결국 누구나 죽는구나
전방에 비상이 걸렸다 6·25
끔찍하게 길었던 그 여름을
전생에 겪은 젊은이들
조문을 가겠다 나서기도 했고
슈퍼마켓에서는 또 라면 사재기
그러나 주식값이 내린 것도 잠깐
별다른 일은 없었다
걱정했던 사건은 일어나지 않았다
남태평양으로 여름 휴가 떠났던 사람들이
1인당 1억 6천 5백만 원씩
돈이 되어 유족의 품에 돌아온 것이
훨씬 큰 사건이었지

목련꽃은 올해도

목련꽃은 올해도 환하게 피어
골목길을 밝히고
롤러 스케이트 배우는 꼬마들 왁자지껄
도둑고양이 한 마리 담 넘어가고
TV에서는 온통 청문회 뉴스
열흘 피는 꽃이 없고
10년 가는 권세가 드물다는
옛말도 효력을 잃은 지 오래다
말과 뜻이 달라지는 시대에
변화다 개혁이다 부르짖어도
다섯 해를 견디기 힘들다
꽃샘 비바람 몰아치면
목련꽃 잎만 애꿎게 떨어지고
봄이 가면 여름이 오고
하늘에는 구름 땅에는 흙
아이들은 자라고
어른들은 늙는가

바지만 입고

구호 물자 나왔다는 소식 듣고
아랫말로 달려가 어머니가 공짜로 얻어온
헌 바지 한 벌
얼룩진 벽돌색 골덴 바지
미국 아이가 입다가 버린
이 멜빵 바지 한 벌을 기워입고
신작로 진흙길 십리를 걸어서
국민학교 오륙학년을 다녔다
(반세기가 지난 뒤 그 바지 값을
유니세프 구좌에 몇 차례 넣어주었지)
미국에서 쓰레기로 버린 블루진
더러운 청바지를 헐값으로 수입해서 요즘은*
한 벌에 12만 원씩 다투어 사입는다고
찢어서 자랑스럽게 입고 다닌다고
패션이라면 목숨도 내놓을 세상
중요한 것은 그저 하반신뿐인가
디디티 살충제를 몸에 뿌리던 옛 시골 마당에서
검은 머리에 노랑색 물들이는 서울의 골목길까지
우리는 겨우 바지만 입고 달려왔는가

* 환율 1달러=약 800원.

무너진 건물더미에 깔려

무너진 건물더미에 깔려 죽어가는
목숨 하나 살려내려고
먼지와 독가스와 어둠 속으로
철근과 시멘트 헤치고 들어간 사람
그는 남을 위하여 아낌없이 자기의
생애를 살았다 때로는
마누라와 딸의 등살에 못 이겨
햇빛 눈부신 대낮을 밖에 두고
창백한 인공 조명 속에서
옷가게와 식품점을 서성거리며
시간을 보낸 적도 있다 군대 생활 3년
끝내고도 향토예비군과 민방위군으로 30년
토끼뜀과 원산폭격과 선착순 반복하며
견뎌왔다 공화국이 몇 번 바뀌었던가
나이 오십이 넘어서야 겨우
동물 같은 세월을 털어버리고 잠시
흔들의자에 앉아 신문 뒤적이는
그를 벌써 정년 퇴직시키려는가

디셈버 송

온몸이 차갑게 젖어들어왔다.

깜짝 놀라서 눈을 떴다. 방바닥이 온통 물에 잠겨 있었다. 천장에서도 물방울이 뚝뚝 떨어졌다.

이게 무슨 일인가. 선달 초승에 홍수가 날 리도 없고.

우리집은 해발 300m가 넘는 곳이다.

대형 수도관이 터졌나? 팔당댐이 무너졌나? 한반도가 가라앉기 시작했나? 엘니뇨 현상으로 바닷물이 불어나서, 황해 바다의 수면이 상승하고 있는가?

"해일"이라고 다급하게 외치는 소리가 들려왔다.

미주 대륙이 융기하면서, 태평양 동북쪽 해저에서 일어난 지각 변동의 파문이 한반도 남쪽을 덮쳤다는 것이다.

3개월 전에 일어난 캘리포니아 연안 심해의 지진이 바다를 건너와 나의 침실을 물에 잠기게 하리라고는 생각지 못했었다.

물은 시시각각 차올라와서, 다리와 배와 가슴까지 잠겼다. 2층 계단을 더듬더듬 기어올라갔다. 민방위 비상 소집이나 119 구조대 투입도 별다른 성과가 없는 모양이었고, 돈이나 유가 증권도 아무 소용이 없었다.

미국식 영어로 철썩거리는 파도 소리를 듣고, "헬프 미"를 외쳤지만, 아무도 도와주지 않았다. 물이 빠져나갈 때까지 기다리는 수밖에 없었다.

오래 걸릴 것 같았다.

금이나 보석을 받고, 구명 조끼와 고무 보트를 비싸게 파는 행상이 어느새 나타났다.

낯익은 얼굴이었다.

서른다섯 해

골목길에 세워놓은 승용차 위에도
하얀 목련꽃 애처롭게 떨어져내리는 4월
독재와 부패에 맞서 젊은 함성 터져나왔던
오늘은 19일 서른다섯번째 나의 생일
아빠보다 크게 자란 아이를 학교에 데려다주고
출근하여 조간 신문 훑어보니
강대국의 무역 압력은 나날이 거세어지고
유산 때문에 아버지를 죽인 아들은 기소되었답니다
양담배 한 개비 피웠다고 단속반에 적발되어
직장에서 쫓겨나고
결국은 화병으로 돌아가신 아버지
겁 많은 노루처럼 언제나 사방을 살피며
외제 물건 장사로 나의 학비를 대어주신 어머니
생각하면 세상은 엄청나게 변했습니다
부정 선거와 군부 독재를 앞장서서 규탄하던
막내삼촌이 그 동안 국회의원이 되었고
긴급조치 위반으로 붙들려다니던
친구는 지금 컴퓨터회사 판매부장입니다
아직도 백두대간의 정기와
한민족의 통일과

자유와 민주주의를 부르짖는
열혈 지사들이 있습니까
모두들 돈 벌기에 너무 바빠서
케이블 TV를 볼 시간도 없는데
피 흘리며 싸워서 얻어야 할 것이
아직도 있다고 믿습니까
돈으로 사버리면 될 것을
그때 사람들처럼 촌스럽게
스크럼 짜고 한길로 몰려나가
교통을 방해할 필요가 있습니까
세상은 달라졌습니다 보십시오
우리는 4·19 묘역을 국립묘지로 만들고
그 앞에 넓은 주차장을 닦아놓지 않았습니까
북한산에 진달래와 철쭉꽃 활짝 피어나면
소쩍새 소리만 옛날과 다름없을 것입니다

그리운 세상

이 세상과 저 세상
사이에 아마도
그 세상이 있겠지
온갖 꽃과 나무들 뒤섞여 큰 숲을 이루고
사람과 짐승이 같은 물을 나누어 마시고
쓸 만큼 돈을 벌어서
편리한 기계를 함께 부리며
모두가 사이 좋게 어울려 살아가는 곳
언제나 꿈꾸면서도
아직껏 가보지 못한
그 세상 그리워
벌써 몇 번째인가
신중하게 투표권을 행사했건만
내가 찍은 후보는
번번이 떨어졌네

제3부
시름의 도시

뒤로 걷는 사내

벽돌담을 넘어 한 뼘쯤
자기 집 뒤뜰로 뻗은 이웃집 목련
나뭇가지를 전정가위로 싹둑 잘라버리고
앞마당에서 쓰레기를 태우는 사내
담을 넘어 옆집으로
퍼져가는 고약한 연기는 아랑곳없이
뒤로 걷기 연습에 열중하고 있다
건강에 좋다는 것이다

편리한 세상

전기톱이 나오면서
나무를 자르기 쉬워졌다
백년 넘은 서낭당 느티나무도
5분 만에 쓰러진다
불도저와 포크레인을 동원하면
산을 깎아내리기도 쉬워졌다
표고 100미터 안팎의 야산 따위는
1주일 안에 평지가 된다
파괴공학의 눈부신 발전으로
대형 건물을 허물기도 쉬워졌다
25층 남산 맨션 아파트가
눈 깜짝할 사이에 폭삭 주저앉는다
그리고 각종 첨단 무기와 살상 가스의 개발로
사람 죽이기도 아주 쉬워졌다

바깥 절

깊은 숲과 맑은 물 사이로
영롱한 멧새 소리
암벽에 메아리치는 산골짜기
눈 덮인 언덕길 굽이굽이 돌아서
바깥 절 경내에 들어서니
목탁 소리와 염불 소리
확성기를 타고 들려온다
그 많은 돌과 바위 어디로 갔나
시멘트를 부어 만든 산신각 계단
황금빛으로 치장한 대웅전 부근에서
종이 태우는 냄새
얼룩덜룩 타일을 붙인 화장실 지나서
옛날의 고즈넉한 풍경 소리
못내 그리워하며
다시 산길로 허허롭게 접어드니
소나무숲 지나가는 바람 사이로
산등성이에 우뚝 솟은 호랑바위 너머로
곳곳에 절이 보인다

마포 사거리

호텔과 오피스텔 빌딩 하늘 높이 치솟고
지하철 공사 땅속 깊이 파들어가는 곳
나날이 달라지는 마포 사거리
서대문 신촌 여의도 삼각지로 달려가는
수많은 자동차들 넓은 길 가득 메우고
보이지 않는 휘발유 냄새 한없이 뿜어대어
가로수 나뭇잎마저 모두 시들어 떨어지는데
어디서 날아왔나
잠자리 한 마리
전차 종점에서 나루터까지 찝찔한 새우젓과
비릿한 생선 냄새 옷을 더럽히던 진창길
객줏집 장독대 익모초 잎에 매달리기도 하고
색싯집 빨랫줄 바지랑대 꼭대기나
무당집 울타리 하늘타리 넝쿨에 내려앉아
짧은 이승을 즐겼던
옛날의 잠자리 한 마리
이제는 어디로 날아가나
머리가 온통 눈이 되어 두리번거리며
앉을 곳 찾아 허공을 떠돈다
신호등 앞에 잠깐 멈춘 승용차

안테나 주변을 맴돌다가
교통 분리대 풀밭 위로 나지막이 날아내리다가
전깃줄에 잠깐 앉을 듯 말 듯
가을 소식 전해줄
장독대도 빨랫줄도 울타리도 없는 도시
아스팔트와 콘크리트와 철근과 유리창 사이에 갇혀
지친 몸으로 이승을 헤맨다
숨막히는 한길 바람을 피하여
점점 높이 날아오르다가
힘없이 팔랑개비처럼 아래로 떨어지는
잠자리 한 마리
태어난 뒤 처음으로
죽어서 땅 위에 내려앉는다

금관 악기 같은 목소리로

금관 악기 같은 목소리로 가끔
우수리의 숲과 들판을 부르던 사슴
드높은 철책으로 둘러싸인
우리 속 진흙밭에서
풀 한 포기 밟아보지 못하고
부대에서 나온 공산품을 얻어먹으며
뿔을 잘리기 다섯 번
피를 빨리고
고기를 먹히고
모피를 빼앗기고
이제야 파리가 덤비지 않는
박제가 되어 머리만 덩그러니
농원집 대청에 걸렸다
목숨으로 정물을 만드는
건강한 사람들이
바닷가로
산골짜기로
또는 전원으로
다투어 달려가는 여름

동해로 가는 길

동해로 가는 길 곳곳에
바다가 있지
설악산 넓고 깊은 골짜기
바위와 나무와 돌
제멋대로 널려진 채
시냇물 흐르다 잦아들다
그대로 있지
서른세 해 전에 올라갔던 울산바위
우람하게 버티어 선 기암괴석도
있는 그대로 보기 좋군
바람이 머물다 가는 소나무숲
끊임없이 몰려와 허옇게
소리치는 파도
모두들 있는 곳이 제자리
제자리에 편안히 있는데
산을 깎아내려 길을 넓히고
바다를 메꾸어 도시를 만들어도
달려와서 푸근히 쉴 자리
우리는 찾기 힘들군

홍제천

북한산 골짜기에서 가재를 기르고
세검정 바위와 소나무숲을 지나
인왕산 옆구리를 적시고
굽이굽이 계곡을 돌아 흐르면서
더럽혀진 피와 땀 씻어주고
때묻은 흰옷을 빨아주던 시냇물
안산과 백련산 자락 겹치는 협곡에서
모래내와 만나 쉬어가던 홍제천
봄에는 흰철쭉 흐드러지고
가을이면 단풍잎 타오르는 벼랑에
제비집처럼 매달렸던 홍연암
물에 비치는 냇가에서
송사리 잡던 추억도 헛되이
지금은 산허리에 골프 연습장 생기고
북부순환고가도로의 거대한 교각 아래로
시커먼 폐수가 일렁거린다
한강에 탁류를 숨기고
넓고 흐린 바다까지 흘러가지만
끝내 황해로 들어가지 못하고
탕아처럼 되돌아오는 홍제천

길을 물으면

길을 물으면 누구나 모른다는 곳
신흥 도시 조성 공사 한참 벌어진 현장
너머로 용머리 옛 마을 나타났다
오래된 기와집 용마루 위에 쑥대가 자라고
초가집 지붕에 박넝쿨 우거진 풍경
민둥산 깎아내린 흙더미 속에서
삼국 시대 옹기도 몇 점 나왔다
마지막 언덕과 숲까지 불도저로 밀어버리고
골짜기를 쓰레기로 메운 다음
바둑판처럼 아파트 단지를 만드는 현장
속으로 용머리 옛 마을이 사라졌다
진흙 담벼락에 삐걱거리는 싸리문
장독대에 채송화 피어 있는 집 지나서
꼬불꼬불 골목길을 천천히 돌아가던 바람
갑자기 고층 건물 모서리에 부딪혀 울부짖고
밤이면 제 집 못 찾는 사람 늘어나는 용두시
길을 물으면 아무도 대답하지 않는 곳

시름의 도시

황해 바다 밀물과 썰물 날마다
드나들며 큰물 한 자락 멀리서
바라보는 위안을 주던 갯고랑에
둑을 쌓아 물길 막고
땅을 만들어 지도를 바꾸었다
게와 망둥이 숨어 살던 갯벌 사라져버리고
갈매기떼 자취 감추고
정유 공장 짙은 연기만 치솟아오른다
큰 산을 뭉개어 논밭 메우고
마을 뒤 성황당 나무마저 잘라버리고
벌판에 들어선 아파트 단지
까치집 깃들일 미루나무 한 그루 없고
도로와 공터는 자동차로 뒤덮여
어린이 놀이터조차 없다
간척 지구 담수호에 폐유와 오수가 고여
역겨운 냄새 풍기는 시름의 도시
머지않아 인구 백만을 넘기면
숲도 산도 바다도 모르는 이곳
아이들이 요란스럽게 오토바이 몰고 다니며
주인 없는 폐농 헛간에서 비디오 흉내를 내고

先人의 祠堂에 못을 박지 않을지
공시지가는 해마다 높아지고
바퀴벌레와 솔잎혹파리는 나날이 늘어가고

선인장꽃

탁상 시계 초침 소리에 귀를 맡기고
방바닥에 벌렁 누워서
참으로 오래간만에 피어난
선인장꽃을 바라본다
줄기도 가지도 잎도 없이 솟아오른
희불그레한 목숨
기다리지 않아도 태어나고
기다려도 오지 않는다
59번 버스 다섯 대가 지나가도록
약속한 사람은 나타나지 않고
자꾸만 막히는 세검정 삼거리
건널목을 다스리는 신호등 앞에
보행자들의 착한 발걸음
늙은 소나무 위에 둥지를 튼 두루미는
다리가 길어서 알을 품기 힘들고
무수한 소절의 음계를 오르내리는 동안
땅속을 파고 가며 볼록한 자국을 남기는
두더쥐의 속도로 이승을 떠나서
평생 즐겨 먹던 무
뿌리를 아래서 올려다보게 되려나

여객기 창문으로 내려다보니
조그만 단발 비행기 한 대가
까마득히 먼 발 밑을 지나가고 있다
마주치지도 않고
되돌아갈 수도 없는 길
한가운데 멈추어 선 민달팽이
양쪽에서 질주해오는 자동차들
전조등을 번쩍거리며 달려와
쏜살같이 눈앞을 스쳐가는 지점에
위험하게 벌렁 누워서
선인장꽃을 바라본다

새 밥

감나무에서 짖어대는 까치는
곧장 마당으로 날아오지 않는다
우듬지에서 잠깐 망설이다가
윗나뭇가지로 옮겨 앉고
맨 아래 굵은 나뭇가지로 깡충 뛰어
계단을 내려오듯
새밥그릇으로 내려앉는다
조심스럽게 몇 번 쪼아먹고
금방 날아가버린다

전신주 꼭대기나 연립 주택 추녀에서
먹을 것을 보면 비둘기는
쉿쉿 날개를 퍼덕이며
거의 수직으로 내려온다
새밥그릇을 다 비울 때까지
게걸스럽게 먹어댄다
사람이 가까이 가도
날아가지 않는다

고양이가 오는 것은 본 적이 없다

참새들이 짹짹거리는 소리에
창밖을 내다보면 어느 틈에 나타났는지
앞발을 톡톡 털면서 얼룩 고양이가
새밥을 훔쳐먹고 있다
꼭 새밥이라 부를 필요도 없다
그저 배고픈 동물들에게 먹을 것을
나누어주려는 것밖에는

제4부
서문 밖 여울

느릿느릿

가끔 다람쥐가 쪼르르 달려가는
전나무숲 산책길을 가로질러
민달팽이 한 마리
기어간다
혼자서
가족도 없이
걸어잠글 창문이나
초인종 달린 대문은 물론
도대체 살면서 지켜야 할 아무런
집도 없이
그리고 안으로 뛰어들어가거나
밖으로 걸어나올
다리도 없이
보이지 않는 운명이 퍼져가는 그런 속도로
민달팽이 한 마리
몸으로 기어간다
눈을 눕힌 채
생각도 없이
느릿느릿

우부드를 지나서

우부드* 장터로 가는 길
아랫도리만 조금 가렸을 뿐
벌거벗은 몸에
수직으로 숨막히게 쏟아지는
적도의 햇빛 온몸으로 받으며
이글이글 끓어오르는
아스팔트 위를 맨발로 걸어가는
늙은이 앙상한 골격에
단단한 마당발로
이승이 끝날 때까지 천천히
걸어갈 것만 같아
잊을 수 없었지 그리고
자꾸만 바라보았지
느닷없이 쏟아지는 열대의 소나기
파파야 광주리를 들고
추녀 밑으로 들어선 할머니
깊숙이 주름살진 얼굴에
초점 없는 눈길
바싹 마른 가죽 같은 살갗에
움직이는 시체의 손

아무래도 이 장터를 벗어나
황톳길 검푸른 숲을 지나
어딘가 높은 산 너머에
그녀가 살아갈
이승이 따로 있을 것만 같아

* 인도네시아의 조그만 시골 도시.

박새의 노래

목련나무 가지에서 단풍나무 가지로
쉴새없이 요리조리 옮겨 앉는
박새의 노랫소리
윤기를 더해간다
봄바람에 흩날리던 옛날 옷자락
하얀 바지저고리에
옥색 조끼를 입고
금방 객혈할 듯 콜록거리며
은배미 논둑길 건너오던
청룡오리 이서방
구부정한 걸음걸이 아직도
머릿속을 맴도는데
봄비 속으로 멀어져가는
나의 뒷모습 누가 기억할까
싸전집 누렁이는 사흘째
골목길 개순이를 쫓아다니고
자장면 배달하는 오토바이
소리 더욱 요란스러운데

해질녘

남쪽 바다에서 장마비 다가오는
6월 하순 해질녘
뒷산에서 뿌듯이 풍겨오는
밤나무꽃 뿌연 냄새
구석구석 퍼지는 어둠을 비켜가며
부산스럽게 짖어대는 까치 소리
저무는 하루가 못내 아쉬운 듯
밤이 오고 잠들면
다시 깨어나지 못할까
새소리 호들갑스럽고
빗방울에 묻어 사라질까
꽃향기 더욱 짙어지고

서서 죽는 나무

오래 가문 날씨 탓인가
여름내 대추나무 가지에
꽃피지 않고
열매 맺지 않더니
가을 되어 갑자기 새순이 돋아났다
낯선 이파리들 노랗게 피어나서
겨울에도 잎이 지지 않았다
(저것이 바로 나무의 암이라고
정원사는 진단했다)
머리도 없이
내장도 없이
몸 밖으로 암세포를 길러내며
살아 있는 모습으로 서서 죽는 나무
뿌리가 없어
쓰러져 죽는 무리들 썩도록 남겨놓고
혼자서 바싹 마른 채 열반하는가

소쩍새

의주로와 연희로와 모래냇길
사이에 갇혀 자라지 못하는
고은산 골짜기에
용케도 여름마다 찾아오는
소쩍새
한 번도 본 적 없지만
몇십 대를 이어오는 울음 소리
귀에 익었다
후박꽃 향기처럼 그윽한
음절을 밤새도록 되풀이하는
소쩍새 소리
창문 열어놓고
어둠 속 바라보려면
눈은 감아도 된다

산까치

황갈색 머리털에
검은색 꼬리
잿빛 등허리와 푸른 날개
측은하도록 작은 몸매에
깃털의 색깔 어울리지 않고
목청만 빼어나게 영롱하여
요리조리 옮겨가는 새소리
아무리 쫓아가도
바라볼 틈 좀처럼 주지 않는다
누가 이 소품을 만들었나
백운대 아래 작은 산장
큰 산에 사는 작은 새

점박이돌

젊은 연인들은 일부러 천천히 걷고
나이든 산꾼들은 걸음을 재촉하는 오르막
돌부리 발에 차이는 비탈길에 여전히
그대로 있구나 돌무덤 몇 개
잘못 썬 순대 토막처럼 일그러진 꼴
점박이돌 한 개 그대로 놓여 있구나
덕유산 향적봉 오르는 길가에
소원성취를 비는 돌무덤 몇 개
김시습의 부도가 있다는 곳
안심대 근처에서 장난삼아
돌 한 개 올려놓고 갔었지
스무 해 전의 소망은 어디로 가버리고
점박이돌만 그곳에 남아 있구나
울긋불긋 등산객들 무리지어 몰려가고
골짜기마다 쓰레기 곳곳에 나뒹굴고
외딴집은 그 동안 산장가든으로 바뀌었는데
개울물 소리만 그대로 남아
때묻은 귀를 씻어주는 듯

서문 밖 여울

크낙산 꼭대기 바위틈에서
똑똑 떨어지는 물방울 모아서
목을 축이려면
줄지어 오랫동안 기다려야 한다
땅으로 잦아들 물은 없다
가파른 비탈길
쉬엄쉬엄 내려와 돌계단 아래
옹달샘 하나
표주박으로 떠먹기에도
너무 얕게 고여서
아래로 흘러갈 물 전혀 없다
한 달을 가물어
억새풀도 누렇게 바스러지고
흙먼지가 폴싹거리는 골짜기에
물 흘러간 자국도 없는데
뒷절 앞마당에 내려오면
이끼 낀 우물
서문 밖으로 나서면
어디서 왔나 가느다란 여울
귀기울이지 않아도

바라보지 않아도
혼자서 흘러간다

얇은 얼음 같은

휴양객들이 떠난 지 오랜
큰여울 물가에서
다리가 긴 철새들이 겨울을 난다
갈대숲이나
땅굴 속에서
또는 얼어버린 물밑에서
아무도 오지 않는
추운 세상 곳곳에서
잿빛 두루미와
흑갈색 오소리와
소리없이 빙어들이
제각기 어울려 살아갈 즈음
느닷없이 총소리가 울리고
누군가 털썩 땅바닥에 쓰러지고
제복 입은 무리들이 달려가고
금방 얼어붙은 시커먼
핏자국 위에 눈이 내린다
눈이 쌓여
하얗게 뒤덮이는 산과 들에
언제 깨질지 모르는

얇은 얼음 같은
평화가 깃들이고

지나가버리는 길

4차선 국도 길가에 줄지어 선 갈잎나무들
드문드문 새로 생긴 주유소
비닐하우스 널려진 들판 저쪽으로
연립 주택 짓는 마을과
젖소 기르는 목장
언덕과 숲을 지나
고가도로 밑을 통과하면
바른쪽으로 우뚝 솟은 크낙산
햇빛 눈부신 아침나절이나
저녁 어스름 속에
쫓기듯 오고 가는 길
흙 한번 내 발로 밟지 않은 채
다가왔다 멀어지는 땅
길 막히면 자동차 속에서
교통방송 다이얼 돌리다가
무심코 지나가버리는 길
먼빛으로 눈익은 경치
한번도 걸어가보지 못한 세상
빨리 달려갈수록 내게서 멀어진다
언젠가 덤불로 뻗어 기어가서
닿고 싶은 곳

제5부
나무로 만든 부처

하얀 운전자

150미터쯤 떨어져서
안전한 간격을 두고 신중하게
따라오던 하얀 승용차
넥타이 매고 안경 쓴
점잖은 운전자
너무 호감이 가서
후사경으로 번호판 돌아보다가
어이쿠 외칠 사이도 없이
가드레일을 긁으면서
나는 급정거했다 내 차를
살짝 비켜서 능숙한 운전 솜씨로
우측 깜박이등을 켜고
하얀 운전자는 내 곁을 지나갔다
뒤돌아보지도 않고
사라져버린 하얀 승용차
다시는 볼 수 없었다

곰이의 구멍

눈귀가 멀더니
냄새조차 못 맡고
그 날렵했던 허리가 꼬부라지며
온몸이 오그라들어 스스로
줄어들다가 마침내
오늘 새벽 집에서 빠져나갔다
보이지 않는 그 조그만
구멍 속으로 비집고 들어가면서
하얀 털몸뚱이만 남겨놓았다
그 빳빳했던 귀를 힘없이 늘어뜨리고
눈을 뜬 채로
편안하게 네 다리를 쭉 뻗은
주검을 뒷동산 소나무 밑에 묻었다
지나간 열세 해 동안
개구쟁이 막내아들이 육군 일등병이 되고
대통령이 몇 차례 바뀌고
새로 지은 집이 낡고 헐어서
다시 고쳐서 사는 동안
개줄에 묶인 곰이는
눈을 껌뻑거리며

오로지 그 구멍을 찾기에
골몰해온 것을

번데기

똥덩이를 話頭삼아
말이 없었던 노스님
米壽에 入寂하여 舍利를 남겼다
돈 많은 신도들은 法堂 앞까지
차를 타고 들어와서
수세식 解憂所를 찾았다
세 치 혀와 서른두 개의 이빨로
口頭禪을 되뇌다가
말머리를 이리저리 돌리며
어진 마을 환한 세상
구석구석 더럽히고 金權의
양탄자 밑을 기어다니는 벌레들
알을 깐 그 자리에서
번데기로 한평생 살고 끝내
나방이 되지 못할 것이다
날아오르지 못할 것이다

동물의 세계

배고픈 암사자 한 마리
머리를 바싹 낮추고
누런 갈대숲을 지나 살금살금
얼룩말에게 다가간다
한 놈 잡아야 할 터인데
보는 사람도 사자와 함께 침을 삼키는 순간
낌새를 알아채고 달아나는 얼룩말
뒤쪽에서 사자가 덮쳐
야성의 두 몸뚱이가 흙먼지를 일으킨다
얼룩말의 팽팽한 엉덩이를 물어뜯는
사자가 넘어지며 말 뒷발에 걷어차이고
얼룩말은 날쌔게 초원을 가로질러 도망간다
보는 사람도 말과 함께 달려가버린다
사냥에 실패한 사자는 이미
화면에서 사라졌고

곰취나물

강원도 산골 여행길에
오색에서는 표고버섯
정선에서는 곰취나물을
샀다
내 손으로 심어서 가꾼 바 없고
따거나 캐본 적 없지만
지나가다가 눈에 띄어서
한 자루씩 샀다
굳이 누구에게 선물로 주겠다든가
건강한 채식을 하려는 욕심은 없었다
다만 향긋한 냄새
가벼운 무게
줄어드는 시간과
멀어지는 거리 때문이었을 것이다
무엇 하러 사느냐고
묻는 사람도 없었다

시조새

아득한 옛날 이름없는 원시림에서
둔중한 꼬리를 끌고 다니던
공룡에게도 머리가 있었다
길이 없는 질펀한 소택지에서
배를 끌고 기어다니던
파충류에게도 꿈이 있었다
넘어지고 미끄러지고 울부짖으며 헤매다가
앞발을 들고 일어서서
사방을 두리번거리기도 하고
매달리며 떨어지며 가까스로
나뭇가지 위에 기어올라가서
언덕 너머를 바라보기도 했다
멀고 높은 곳이 그들에게도 있었다
그렇지 않았다면 어떻게 하늘로
날아올라가 생명의 꿈을
화석에 남겼을 것인가

옥수수를 팔던 할머니

기관총알이 쏟아지고 포탄이 곳곳에서 터지는
고향에서 남편과 가족을 모두 잃었다
젖먹이 하나 품에 안고
피 흘리며 살아남은 젊은 어미
키가 작고 못생긴 여자
낯선 땅 척박한 황야에 움막을 짓고
굶주리고 헐벗은 채
십 년을 견디고 이십 년을 키워온
아들마저 전장으로 손 흔들며
떠나보낸 어머니
아프고 괴로워도 입다물고 끝내
말 한마디 하지 않았다
혼자서 고향으로 돌아갈 때까지
돌아가서 통곡할 때까지
한 번도 울지 않았다
미라가 되어 가볍게 쓰러질 때까지
한 번도 눕지 않았다
길가에 쪼그리고 앉아 온종일
옥수수를 팔던 할머니

검댕이

콧속이 얼어들고
곱은 손가락 문고리에 쩍 들러붙던
섣달 그믐날 아침
행랑방 아궁이 구들 속에
몸뚱이를 처넣고 지난밤
추위를 견뎌낸 털북숭이 사내
시커먼 머리만 내놓고
나오려 하지 않았다
몽둥이를 흔들어대도
잡아잡수 꼼짝 안 했다
뜨끈뜨끈한 가래떡 몇 토막
저만치 갖다놓고 박서방이
개 부르듯 손짓하자
가까스로 몸을 빼내어
밖으로 기어나왔다
거지의 타버린 바짓가랑이에서
잿가루와 검댕이 떨어졌다

돌이 된 나무

저살핀 대추나무 같은 아버지의
팔뚝을 꺾어놓고
회오리바람처럼 사라진 아들딸들
담쟁이의 새순이 돋아나도록
그들은 돌아오지 않았다
어디선가 그 아들이 아버지가 되어
비바람 속에 밤을 지새우고
언젠가 그 딸이 할머니가 되어
겨울잠 자기를
삼천만 번쯤 되풀이하는 동안
마침내 돌이 되어버린
아득한 조상을
후세의 자손들은 알아보지 못할 것이다
그저 손가락질하면서
낄낄 웃거나
돌이 된 나무 앞에서
나처럼 사진이나 찍을 것이다

어딘가 달라졌다

어딘가 달라졌다 그는
두 팔로 운전대를 감싸안고
고개를 잔뜩 앞으로 내민 채
전후좌우로 쉴새없이 눈을 돌리다가
신호가 바뀌기도 전에 쪼르르 달려나가고
교통경찰이 없으면 종로 한가운데서도
날쌔게 왼쪽 골목길로 꺾어들어간다
구멍에서 머리만 내밀고 바깥 세상을 살피는
생쥐처럼 반짝이는 눈
재빠른 움직임
그렇구나 운전을 시작한 뒤부터
그의 눈빛과 몸놀림이 달라졌구나
착하고 맑은 사슴의 눈으로 한때
어릿거리며 천천히 걸어오던 명륜동 길로
보행인들을 헤치고 자동차를 몰면서 그는
변해야 산다고 말했다
그는 젊어진 것 같았다

소금쟁이

쇼펜하우어의 말은 옳았다
다리가 길어지고 싶은 욕망이
결국 하반신을 발달시킨 것이다
두터운 마음보다는 차라리 날씬한 두 다리로
그러나 어떻게 하겠다는 것이냐
가지런히 모은 두 다리
사이에 무엇인가 숨겨져
있으리라 생각하느냐
한껏 두 다리를 벌리면
언제든지 황홀한 가능성이
나타나리라 기대하느냐
작아지는 머리
커지는 가슴
길어지는 다리로
일렁이는 구정물 위를 상큼상큼 걸어서
소금쟁이처럼 가볍게
그러나 어디까지 갈 수 있겠느냐
마를레네 디트리히의 멋진 다리도
그저 한 장의 사진으로 남았을 뿐인데
감출 수 없이 다리가 길어서

마침내 슬퍼질 때까지
도대체 어디로 가겠다는 것이냐

발틱해의 청어

발틱해의 청어보다는 아무래도
노르웨이산 연어가 맛있지 않을까
베토벤이 태어난 집 근처에서
플라스틱 배식 쟁반을 들고
잠깐 망설이는 사이에
손가방이 없어졌다
여권과 T/C와 비행기표와 주소록과
일기장과 카메라가 한꺼번에 날아갔다
경찰서를 찾아가 신고하고
신용 카드를 막느라고
밤새도록 국제 전화를 걸었다
두꺼운 구름으로 어둑한 하늘과
라인 강변의 포도밭은 아름답지 않았고
화장실에서도 돈을 받는
독일인들은 무뚝뚝했다
고전 음악은 어디서도 들려오지 않았다
고속 전철이 달려갈 때마다
견고한 금속성만
유달리 크게 들려왔다
시간이 흘러가는 소리였다

나무로 만든 부처

값을 깎아 가까스로 70달러에 산
우부드의 목각 불상
적도를 넘어 일곱 시간 날아오는 동안
연화대 바닥이 쩍 갈라졌네
누구에겐가 주어버리기엔
정교한 솜씨 너무 아까워
책상머리에 놓아두었네
두고 바라보았네
마호가니 나무의 조화일까
숨결과 눈길의 감응일까
어느새 갈라진 틈이 다시 아물어
이제는 그 흔적조차 찾을 수 없네
조그만 적갈색 불상
아무래도 나무를 깎아 만든 것 같지 않고
애초부터 부처의 모습으로 태어난 것만 같아
그 뜻을 헤아릴 수 없는데 언제부턴가
내 마음 한구석에 조그만 나무
부처가 들어와 앉았네

막스 리버만 길

'겨울에는 가로 관리를 하지 않음'*
이 공지 사항은 이미 가을부터 유효하다
좁은 비탈길에
누렇게 물든 자작나무 낙엽이
수북이 쌓여 있다
자동차를 타고 이 길을
통행할 수는 없다
제각기 위험 부담을 안고
걸어서 내려가야 한다
올 겨울에는
눈이 많이 내리고
날씨가 매우 추울 것이라 한다
미끄러운 이 길을
누구나 혼자서 걸어가야 한다
'겨울에는 가로 관리를 하지 않음'
이 공지 사항은 이미 가을부터 시작된다

* 아무리 좁고 짧은 골목길이라도 고유의 이름이 붙어 있고, 신호등이 없는 건널목이나, 겨울에 시청 청소과에서 눈을 쓸어주지 않는 길목에는 으레 '자기 자신의 위험 부담으로 길을 건너가시오' 또는 '겨울에는 가로 관리를 하지 않음' 따위의 팻말이 서 있는 것이 독일의

거리 풍경이다. 내가 옛날에 객원교수로 가 있던 지겐 대학교의 문리학부와 상공학부 캠퍼스를 연결하는 좁은 비탈길에도 이런 것들이 있었다. 독문학과와 도서관은 위쪽에, 나의 연구실은 아래쪽에 있었으므로, 이 길을 자주 오갔다.

끝의 한 모습

천장과 두 벽이 만나는 곳
세 개의 평면이 직각으로 마주치는
방구석의 위쪽 모서리가
가슴을 답답하게 한다
빠져나갈 틈도 없이
한곳으로 모여
눈길을 막아버리는 뾰족한 공간이
낮이나 밤이나
나를 숨막히게 한다
빗소리와 새들의 노래 들려오는 창문
산수화 한 폭 걸려 있는 넓은 벽
현등이 매달린 천장
이들이 마침내 이렇게 만나야 하다니
못 한 개 박혀 있지 않고
거미줄도 없는 하얀 구석에서
앞으로 갈 수도 없고
뒤로 물러설 수도 없는
꼭지점에서 멈추어
이렇게 끝내야 하다니
결코 바라보고 싶지 않은

낮의 한구석
그대로 눈길을 돌릴 수 없는
밤의 안쪽 모서리

제6부
가을 숲에서

생각보다 짧았던 여름

샅바를 넓적다리에 걸고
힘겨루는 한마당 한복판에서
그는 한때 씨름꾼이었다
상대방을 모래판에 힘차게 팽개치고
호기롭게 외마디 고함지르던 그는
젊었을 때 이름난 승부사였다
환호 소리 진동하는 씨름판 등지고
혼자서 골목길로 사라지는 어제의
늙은 장사를 누가 알아보는가
지나간 봄은 아름다웠고
여름은 생각보다 짧았다 어느새
인적 없는 들판에 어둠이 내리는데
가을은 걸어서 간다 해도
다가오는 겨울은 어떻게 맞으리

다시 떠나는 그대

전화를 자동 응답으로 돌려놓고
거실에는 야간 점등 장치를 켜놓고
가스를 잠갔나 두 번 확인하고
보일러는 18°C 이하로 맞춰놓고
거실에 FM 음악 방송을 틀어놓고
현관문을 이중으로 잠근 다음
다시 한번 뒤돌아보며 집을
떠난 그대여
한번 떠나서 돌아오지 않는 하루 이틀 나흘……
세금을 내고 비워놓은 이 집이
얼마나 오랫동안 견딜 수 있을지
신문과 광고물이 금방 문앞에 쌓이고
검침원이 초인종을 누르다가 되돌아가고
옆집 개가 빈집을 향하여 짖어대고
우편함에 꽂힌 공납금 고지서가 누렇게 빛 바래
이 집이 비어 있음을 누가 모르겠는가
그래도 그대는 떠난다 다시는 돌아올 수
없을 것처럼 집안 단속을 하고
문을 잠갔나 확인하고
손때 묻은 세간살이 가득 찬 정든

집을 등뒤로 남겨놓은 채
손가방만 하나 들고 결연히 떠나서
새 집을 찾는다 언젠가
그 집을 가득 채우고 다시
비어놓은 채 뒤돌아보며 집을
떠날 그대여
몇 번이고 망설이며 떠났다가
소리없이 돌아와 혼자서
다시 떠나는 그대여

축혼가

스무 살 갓 넘은 나이에
학예회에 출연한 아이들처럼 즐겁게
부부가 되어 이들은
평생을 함께 살기로 굳게 약속하고
일가 친지가 모인 자리에서
성대한 결혼식을 거행하였다
사진 촬영에 신이 난 신랑신부를
모두들 축하할 뿐, 약속이라도 한 듯
아무도 말리지 않았다
걱정도 하지 않았다 주례사의
말이 좋아 그렇지 인생의
망망대해 또는 이백만 대의 자동차가 들끓는
서울 거리로 이렇게 떠나보내다니 아무래도
너무 가혹하지 않은가

공을 쫓아서

우리는 공을 쫓아서 언덕 끝의 숲까지 달려갔다. 그녀는 나보다 빨랐다.

그러나 몸을 날려 공을 잡는 순간, 그녀는 오물 구덩이에 빠졌다.

한참 허우적거리다가 겨우 구덩이에서 뛰쳐나와, 그녀는 욕설을 퍼부으며 언덕 너머로 사라져버렸다. 그 너머에는 실습림을 지나서 여자대학교가 있었다. 여선생 두 사람이 그녀에게 살아나온 것만 해도 다행이라고 위로하면서, 지난번에도 한 사람이 그곳에서 목숨을 잃었다고 말했다.

그녀는 구덩이에 빠졌던 순간이 생각나지 않는다고 되풀이했다. 바로 그때부터 그녀는 이상해진 것 같았다. 나의 만류를 뿌리치고, 공을 잡으러 달려간 그 순간에 그녀는 나를 떠나간 것이었다.

공의 행방은 알 수 없었다. 그것은 물론 중요한 것도 아니었다.

우리는 결국 서로 낯모르는 사람이 되어 헤어지고 말았다. 만난 적도 없이 헤어진 셈이었다.

쓸모 없는 친구

거머리처럼 달라붙은 것이 아니었다
애초에 무슨 용건이 있어서
만난 것이 아니라는 말이다
빚 갚을 돈을 빌려주지도 못하고
승진 및 전보에 도움이 되지도 못하고
아들딸 취직을 시켜주지도 못하고
오래 사귀어보았자 내가
별로 쓸모 없는 인간이라는 것을
그는 오래 전에 깨달았고
나도 그것을 오래 전에 알아차렸다
그래도 내가 모른 척하는 것을
그도 오래 전에 눈치챘을 터이다
만나면 그저 반가울 뿐
서로가 별로 쓸모 없는 친구로
어느새 마흔다섯 해 우리는
앞으로도 그렇게 살아갈 것이다

다른 자리에서

서재의 한구석
박새나 비둘기 소리 가끔 들려오는
창가의 흔들의자에 앉아
작은 산 한 자락 바라보는 곳
언제나 앉아 있고 싶은 자리
바로 옆에 있건만
왜 밤낮 비워두나

운전석 뒷자리
잠깐 신문을 뒤적거리며
카세트 음악을 듣거나
나의 뒷모습 바라보는 곳
앉아서 기다리고 싶은 자리
바로 뒤에 있건만
왜 노상 겉옷만 싣고 다니나

가까운 곳 또는 먼 곳에
앉고 싶은 자리 놓아둔 채
다른 자리에서 왜
모두들 한세상을 다른 자리에서
살아가고 있나

일수와 한수

삐뚤삐뚤 줄을 긋고
엉망으로 크레파스를 문질러
미술 시간에 야단맞던 일수는
국제 비엔날레에서 우수상을 받았고
산뜻한 색감으로
인물과 풍경을 잘 그려서
미술 시간에 칭찬받던 한수는
국제극장의 영화 간판을 제작한다
환쟁이가 되면 살기 힘들다 걱정했지만
지금은 둘 다 잘살고 있는 듯

사형에 반대한다

중앙선을 넘어온 화물 트럭이 순식간에
소형 승용차를 꾸겨진 종이 뭉치로 만들었다
피해자의 운전면허증은 아직도 4년이 유효했다
무료 변호를 마다 않고 수원으로 달려가던
인권 변호사가 이렇게 죽었다
사형 제도 폐지를 앞장서 주장했던 그
선량한 친구의 때아닌 죽음을 보고
부모를 찔러 죽인 자식들과
총칼로 돈을 번 국제 상인들이
보란 듯이 화려하게 훨씬 오래 살아감을
오히려 기뻐하게 되었다
되도록 늦게까지 살아남아 그들이야말로
이 세상 온갖 쓰라림과 괴로움 모두 겪도록
나도 이제는 사형에 반대한다

여섯시

저녁 예불 종소리에
오늘이 저문다
가족과 함께 사는 세상
비좁은 집을 떠나
머리 깎고
깊은 산속
큰 집으로 들어와
속절없이 하루 또 하루
살아가려던 것은 아니었는데

밤새도록 잠 못 이루고

밤새도록 잠 못 이루고, 기침을 하면서, 지나간 생애의 어둔 골목길을 더듬더듬 걸어갔다.

분명히 근처에 있을 전철역을 찾지 못하고, 미국식 고층 건물들이 위압적으로 늘어선 강남대로를 무작정 헤매기도 했다.

길을 물어볼 사람도 없었다. 외국인 노동자 몇 명이 못 알아들을 말을 지껄이며 지나갔을 뿐, 도대체 행인을 만나지 못했다.

하기야 지금까지 나를 스쳐간 사람들이 대부분 모르는 이들이었다. 아니면 사투리가 반갑고 음식 냄새가 구수해도, 경계해야 할 동포들이었다. 사람들이 잠들고, 돈만 깨어 있는 밤중에는 더욱 그렇다.

그런데, 불도 켜지 않은 채, 모서리 창가에 앉아, 밤새도록 구시렁거리는 저 노틀은 누구인가. 어느 집 어르신인가, 늙은 정년 퇴직자인가, 한 겁 많은 서민인가. 아니면 바로 나 자신인가. 그렇다면, 저 아래 어둔 골목길을 헤매고 있는 사람은 또 누구란 말인가.

누군가를 위하여

예컨대 자기의 남편을 위하여
아들딸을 위하여
어버이와 형제자매를 위하여
또는 병든 마음과 헐벗은 몸을 위하여
쫓기는 사람들과 억눌린 이웃들을 위하여
오로지 남을 위하여 살면서
정작 자신을 위해서는 너무나 무심했던
당신이 갑자기 떠나갔다
당신의 웃음짓던 환한 모습
당신이 앉았던 풀밭의 움푹한 자리
당신이 쪼이던 가을 햇볕
당신이 부르던 정다운 목소리
모두 그대로 남겨놓은 채
혼자서 훌쩍 사라졌다
물이 되어 한강을 건너고
구름이 되어 북한산 연봉을 넘어서
서북쪽으로 날아가버렸다
어쩌면 몽고의 어느 초원에 풀을 눕히는
바람이 되었을 당신
또는 별이 되어 밤새도록

어두운 지붕들을 내려다볼 당신
아니면 안개가 되어
우리를 포근히 감싸줄 당신
당신을 나는 때때로 바라보기만 했는가
당신을 우리는 그저 떠나보내기만 했는가
당신이 입던 옷을 정리하고
당신이 남긴 돈을 은행에서 인출하고
당신이 오고 가던 길을 걸으며
당신이 언젠가 다시 나타날 것만 같아
우리는 자꾸만 되돌아본다
한없이 당신을 그리워하며 이제야 우리는
조금씩 달라지려 하는가 저마다
말없이 당신을 닮아가려 하는가

약수터 가는 길

내가 먼저 죽어야
마누라가 깨끗하게 치워주지
하지만 늙은 홀어미를 자식들이 얼마나 구박할까
마누라 병구완을 하고
무덤이라도 가꾸어주려면
그래도 내가 더 오래 살아야지
오늘따라 오르막길이 숨가쁘다
내가 먼저 세상을 떠야
영감이 나를 묻어주지
하지만 늙은 홀아비를 누가 곰살궂게 돌봐줄까
수의라도 제대로 입혀 보내고
제사를 챙겨주려면
그래도 내가 더 오래 살아야지

빨리 먼저 앞질러

신문 기사와 TV 뉴스는 모두 지나간 이야기
팩스로 전하는 소식은 너무 늦고
안테나에 잡히는 전파도 믿을 수 없다
어떤 수단을 써서라도
남보다 빨리 알아내서
먼저 뛰어야 한다
묻기 전에 대답을 준비하고
살았을 때 묘지를 마련해야 한다
뒤돌아보지 말고
앞만 보고 달려야
살아남는다
빨리 먼저 앞질러 달려가서 그러나
어디로 가겠다는 것이냐
거북이처럼 느릿느릿 기어가도 결국
먼저 죽는 자가
일찍 도착하지 않겠느냐

가을 숲에서

벗어도 홀랑 벗어도
견딜 수 없이 덥기만 하던
지난 여름 우거진 나뭇잎들
온통 녹색으로 단조로웠지만
벌거벗은 몸뚱이 가려주었네
육신을 숨겨주었네
부끄러운 기억 저마다 간직한 채
그 많은 이파리들 하나씩 얼굴
붉히며 낙엽으로 떨어지는 가을
이제는 땀 흘린 몸뚱이조차
숨길 수 없네
옷 벗은 나무들 사이에서
부끄러운 곳 두 손으로 가리고 혼자서
찬 서리 맞게 되었네
코스모스마저 다 지기 전에
누군가 만날 수 있다면
눈발이 흩날리기 전에
편지라도 한 장 보낼 수 있다면
하지만 반겨줄 사람 아무도 없네
아버지는 오래 전에 돌아가셨고

가족들은 저마다 멀리 떠났고
풀벌레 울음 소리만 남은 숲에서
나 혼자 서성대고 있네

서울에서 속초까지

서울에서 속초까지 장거리 운전을 할 때
그를 옆에 태운 채 계속해서
앞만 보고 달려간 것은 잘못이었다
틈틈이 눈을 돌려 북한강과 설악산을 배경으로
그를 바라보아야 했을 것을
침묵은 결코 미덕이 아닌데…
긴 세월 함께 살면서도 그와
많은 이야기 나누지 못한 것은 잘못이었다
얼굴을 마주 쳐다보거나
별다른 말 주고받을 필요도 없이
속속들이 서로를 알고 있었기 때문이다
하지만 이해를 곧 사랑이라고 할 수는 없는데…
여름 바닷가에서 물귀신 장난치고
첫눈 내린 날 살금살금 다가가서
눈 한 줌 목덜미에 쑤셔넣고 깔깔대던
순간들이 더 많았어야 한다
하다못해 찌개맛이 너무 싱겁다고 음식 솜씨를 탓하고
월급이 적다고 구박이라도
서로 자주 했어야 한다

괜찮아 워낙 그런 거야 언제나
위안의 물기가 어린 눈웃음
밝은 목소리
부드러운 손길
포옹할 수 없는 기억
속으로 이제는 모두 사라져버린 것을

금혼식

남자이기를 그만두고
여자이기를 그만두고
오십 년 동안 끼고 있던 결혼 반지마저
자손들의 금 모으기 운동에 빼어주고
할아버지
할머니
가진 것 없어 편안한 마음
늙기도 그만둔 지 오래되었다
어느 때 헤어져도 괜찮을 만큼
가뿟하게 그러나 하루를 한평생처럼
살아간다
진실로 함께 살아간다

이야기 들어줄 사람

어둠 속에 세차게 불어오던
시커먼 비바람 멈추고
동녘이 훤하게 밝아오자
밤새 숨죽이던 사람들
모두들 저마다 떠들어댔지
그는 혼자서 가만히 있었어
두려운 밤 함께 지새며
슬픈 일 억울한 일 가리지 않고
하찮은 이야기라도 귀담아
들어주며 고개 끄덕이고
빙긋이 웃어주던 사람
조용한 눈길과 낮은 목소리
큰 귀와 꾹 다문 입
낯익은 그의 얼굴 사라져버리고
부드러운 그의 손 잡을 수 없네
그와 닮은 사람들 어디에나 있지만
말없이 이야기 들어줄 사람
이제는 아무도 없네

가진 것 하나도 없지만

가진 것 하나도 없지만
무명 바지저고리
흰 적삼에 검은 치마
맨발에 고무신 신고
나란히 앉아 있는
머슴애와 계집아이
사랑스럽지 않은가
착한 마음과 젊은 몸뚱이밖에는
아무것도 가진 것 없지만
이들이 부지런히 일하는 곳마다
땅에는 온갖 꽃들 피어나고
지붕에는 박덩이 탐스럽게 열리고
시원한 바람이 땀을 식히고
해와 달과 별들이 하늘에 가득하네
팔을 꽉 끼고 함께 뭉치면
믿음직한 두 친구
뺨을 살며시 마주 대면
사이 좋은 지아비와 지어미
아득한 옛날로 거슬러 올라가면
너와 나의 어버이

가진 것 하나도 없이 태어났지만
슬기로운 머리와 억센 손으로
힘들여 이룩한 것 많지 않은가
어느새 여기에 와 앉아 있네
우리의 귀여운 딸과 아들

제대로 그리지 못한 그림

제대로 그리지 못한 그림 같은
구름 몇 점 떠 있다 산업도로를 달려가던
봉고차 끼이익 비명과 함께
브레이크를 힘껏 밟으며 승용차를 들이받는다
졸지에 피해자와 가해자가 되어버린 운전자
두 사람이 차에서 내려 떨떠름하게
안경을 벗고
목덜미를 만지며
우그러진 범퍼와 깨어진 전조등을 확인하고
명함과 전화번호를 확인하는 동안
일차선 도로가 정체되고
이차선 운전자들은 힐끔힐끔 쳐다보며 지나간다
사고 차량들이 절룩거리며 떠나간 뒤
길가의 코스모스가 다시 손을 흔들고
추돌 현장의 흔적도 금방
도로의 일부가 된다 어느 날
오후 가을 하늘 아래

〈해 설〉

두 개의 시간

성 민 엽

한 시인에 대한 평가는 그 시인 자신의 시적 성과의 크기만이 아니라 그의 시가 후배 시인들에게 미친 영향의 크기까지 고려한다. 양자가 반드시 일치하는 것은 아니지만 그래도 대체적으로는 양자 사이에 일정한 함수관계가 발견되는 경우가 많고, 특히 문학사에서는 후자에 대한 충분한 고려가 요구되는 법이다. 김광규는 현역 시인들 중 후배 시인들에 대한 영향이 현저하게 나타나는 경우에 속한다. 80년대 시의 도처에서 김광규적인 것이 발견될 뿐만 아니라, 80년대 시와는 아주 달라진 90년대 시에서도 김광규적인 것의 흔적은 여전하다. 『한국대표 시인선 50』(1995)의 작가 소개에서 지적하고 있듯 "생활 세계와 현실에 대한 열려 있는 태도"와 "서정의 정신," 그리고 "시적 언어의 자유로움"이 자연스럽게 결합된 세계가 김광규의 시세계인바, 그 시세계에서는 형

태적 산문성이 놀라운 시적 긴장으로, 내용적 상식성이 빛나는 지혜로 승화되면서 독자를 충격한다. 이 승화 과정에 김광규 시의 핵심이 있다. 그러나 후배 시인들에게서 나타나는 김광규적인 것의 계승은 많은 경우 그러한 승화의 밀도가 부족하고 그래서 독자를 충격하는 힘이 약하다.

김광규의 시세계를 전체적으로 묘사하기 위해서는 필자가 전에 썼던 글과의 부분적인 중복을 감수해야겠다. 등단작 이래 김광규의 시는 어떤 시적 대상에 대한 관찰로부터 일정한 반성을 이끌어내는 구조를 일관되게 구축해왔다. 반성은 주로 제도적인 것의 허위를 향한다. 김광규 시는 그 허위를 비판하고 그 허위에 물든 자기를 반성하며 진실의 회복을 꿈꾼다. 김광규는 제도적인 것으로부터 자유로운 것의 유일한 현존을 자연에서 발견한다. 그렇다고 자연으로의 복귀나 초월을 주장하는 것은 아니다. 김광규의 자연 체험은 제도적 삶의 늪에 빠져 있는 일상에 대한 구원의 계기인 동시에 그러한 일상에 대한 보다 가열찬 비판의 계기이기도 하다. 김광규의 관심은 일상 너머의 저편이 아니라 일상의 삶 자체에 있고 그것을 의미 있는 것으로 변화시키는 데 있는 것이다. 그런 까닭에 일상적 자아의 죽음을 통한 제도적 삶으로부터의 초월의 이미지(예컨대 「어린 게의 죽음」에서와 같은)는 김광규에게는 극히 드물게 나타날 뿐이다. 김광규의 반성의 언어는 감정의 지극한 절제 속에서 이루어지는 담담한 언어이다. 어떤 경우에도 김광규는 흥분하지 않고 감정의 과잉으로 나아가지 않는데, 그 담담함의 이면에 숨어 있는 깊은 지적 성찰과 예리한 아이러니가 표면상의 담담함과 긴장을 빚어내면서 오히려 더욱 강력한 설득력을 낳는다.

90년대에 들어서도 김광규의 시는 기본적으로 변하지 않았지만, 그러나 전에 없던 새로운 모습들도 나타나고 있다. 불변을 배경으로 하고 있기 때문에 이 새로운 모습들은 한층 두드러져 보인다. 이를테면 지난번 시집 『물길』(1994)에서부터 뚜렷해진 늙음과 죽음에 대한 예민한 반응 같은 것이 그러한데, 시인의 나이가 50대에 들어섰다는 점을 감안하면 이는 자연스러운 현상이라고도 할 수 있다. 그 예민한 반응을 가리켜 『물길』의 해설을 쓴 홍정선은 "좋은 '옛것'과 나쁜 '새것'"이라고 요약한 바 있다. 옛것은 좋고 새것은 나쁘다는 생각은 보수주의적인 것이지만, 김광규의 그것은 이를테면 한자문화권에서 유구한 세월에 걸쳐 지배적 세계관으로 작동해온 유교적 보수주의 같은 것과는 다르다. 그 점을 홍정선은 다음과 같이 지적했다: "그의 탄식이나 안타까움은 흘러가는 세월 앞에서 사라지고, 죽고, 이지러지는 인간의 운명에 대해 담담하게 체념하는 태도의 소산이라기보다는 과거와 현재를 비교하고 판단하는 적극적인 행위의 소산이라고 보아야 옳다." 다시 말해 '나쁘게 변화해가는 것들'에 대한 적극적인 비판 의식이 김광규적 보수주의의 핵심이라는 것이다. 이런 의미의 보수주의는 『물길』 이후 4년 만에 나오게 되는 새 시집에서도 역력하다. 가령, 맑은 시냇물이 시커먼 폐수로 바뀌고(「홍제천」) 게와 망둥이가 숨어 살던 갯벌도 논밭도 성황당 나무도 사라지고 대신 정유 공장이 세워지고 아파트 단지가 들어서고 폐유와 오수가 고여 역겨운 냄새 풍기는 도시가 생겨나는(「시름의 도시」) 이러한 변화에 대한 시인의 비판적 태도를 보라. 혹은, 한평생을 농부로 살아온 초등학교 시절 친구가 지하철 공사장의 일용 잡부로 변해버린 데 대해 안타까워하는(「석근이」) 시인의 어조를 보라. 그런데, 다시 생각해보면, 시인이 부정적으로 바라보는 이러한 변화들은 늙음이나 죽음과는 다소 맥락이 다른 것들이 아닌가. 이 변화들은 물론 시간이 가져다주는 변화이지만, 그 시간은 자연적 시간이 아니라 도시화·산업화의 진행을 내용으로 하는 시간(편의상 이를 사회적 시간이라 부르기로 하자)인 것이다. 그에 반해 늙음이나 죽음은 자연적 시간이 가져다주는 변화이다. 이 두 가지 시간의 차이가 예컨대 다음과 같은 역설을 낳는다.

삼십 년이 지나갔어도
그의 얼굴은 변하지 않았다
〔………〕
도대체 큰돈을 받은 적 없이 살아온
우리들만 변함없이 그대로 있지 않은가
변해야 산다고
역사는 결코 반복하지 않는다고
외치던 그는 이렇게 달라졌는데 ―「모르쇠」에서

4·19 주역 중의 하나였고 지금은 권력의 중심에 있으면서 뇌물 수수 혐의로 공청회에 선 것으로 짐작되는

'그'에게는 두 가지 시간이 상반되게 나타난다. 자연적 시간으로 보자면 '그'는 변하지 않았다. 그러나 사회적 시간으로 보자면 '그'는 엄청나게 변했다. 그에 반해 '우리'는 자연적 시간에서는 변했고 사회적 시간에서는 변하지 않았다. 이렇게 보면 시인에게 자연적 시간에서의 변화는, 그러니까 늙음과 죽음은 단순히 부정적인 것만이 아니다. 부정적인 것은 사회적 시간에서의 변화이다. 시인의 보수주의는 그 사회적 시간에서의 변화에 대한 것이다.

자연적 시간에서의 변화에 대한 시인의 태도는 이중적이다. "혼자서 골목길로 사라지는 어제의/늙은 장사를 누가 알아보는가"(「생각보다 짧았던 여름」)라는 대목에서 보듯, 그 변화에 대해 물론 시인은 탄식하고 안타까워한다. 죽음이라는 실존적 조건에 직면할 때 그 탄식과 안타까움은 숨막힘으로까지 변한다.

천장과 두 벽이 만나는 곳
세 개의 평면이 직각으로 마주치는
방구석의 위쪽 모서리가
가슴을 답답하게 한다
빠져나갈 틈도 없이
한곳으로 모여
눈길을 막아버리는 뾰족한 공간이
낮이나 밤이나
나를 숨막히게 한다 ——「끝의 한 모습」에서

이 꼭지점 이미지는 죽음의 비유로서 주목할 만하다. 과문한 탓인지는 모르나 필자로서는 처음 보는 비유인바, 참으로 숨막히는 울림을 울린다. 죽음이라는 실존적 조건에 대한 치열한 대면은 시인으로 하여금 "살아 있는 모습으로 서서 죽는 나무"(「서서 죽는 나무」)를 발견하게 한다. 그리고 그 나무를 "혼자서 바싹 마른 채 열반"하는 것으로 상상하게 한다. 그런데 이 자연적 시간에서의 변화는 사회적 시간에서의 변화와 대비되면서 긍정적인 가치를 띠게 된다.

> 그렇구나 운전을 시작한 뒤부터
> 그의 눈빛과 몸놀림이 달라졌구나
> [.........]
> 보행인들을 헤치고 자동차를 몰면서 그는
> 변해야 산다고 말했다
> 그는 젊어진 것 같았다 ——「어딘가 달라졌다」에서

'그'의 변화는 사회적 시간에서의 변화이고 나쁜 변화인데, 그 변화에는 '젊어짐'이라는 또 하나의 변화가 수반된다. 여기서의 '젊어짐'은 명백히 부정적인 가치이다. '젊어짐'은 늙음이라는 자연적 시간에서의 변화에 역행하는 변화이니, 그렇다면 늙음이라는 자연적 시간에서의 변화는 오히려 긍정적인 것이 아닌가.

늙음이라는 자연적 시간에서의 변화가 긍정적인 것으로 되면서 그 시간의 특징인 '느림'도 긍정적인 것으로 인식된다. 사회적 시간은 '빠름'을 특징으로 하고 자연적 시간은 '느림'을 그 특징으로 한다.

> 바른쪽으로 우뚝 솟은 크낙산
> 〔………〕
> 먼빛으로 눈익은 경치
> 한번도 걸어가보지 못한 세상
> 빨리 달려갈수록 내게서 멀어진다
> 언제가 덩불로 뻗어 기어가서
> 닿고 싶은 곳
>
> —「지나가버리는 길」에서

크낙산은 제도로부터 자유로운 세계를 표상하며 김광규 시의 이곳저곳에 되풀이 등장하는 산이다. 시인은 크낙산에 가본 적이 없다. 시인의 삶이 '빠른' 사회적 시간 속에 갇혀 있기 때문이다. 크낙산은 빨리 달려갈수록 멀어지는 곳이다. 그곳은 오히려 "덩불로 뻗어 기어가"야 닿을 수 있다. 다시 말해 '느린' 자연적 시간에 의해서만 그곳에 가 닿을 수 있는 것이다. 몇 곳에 등장하는 민달팽이 이미지는 자연적 시간의 속도를 표상한다.

> 보이지 않는 운명이 펴져가는 그런 속도로
> 민달팽이 한 마리
> 몸으로 기어간다
> 눈을 눕힌 채
> 생각도 없이
> 느릿느릿
>
> —「느릿느릿」에서

그러나 김광규의 민달팽이는 그 자신의 느린 속도에도 불구하고 이미 사회적 시간의 그물 속에 들어 있다. 그래서 김광규 시로서는 보기 드물게 복잡하고 굴절이 심한 다음과 같은 시편이 나온다. 약간의 분석이 필요하겠다.

1) 탁상 시계 초침 소리에 귀를 맡기고
2) 방바닥에 벌렁 누워서
3) 참으로 오래간만에 피어난
4) 선인장꽃을 바라본다
5) 줄기도 가지도 잎도 없이 솟아오른
6) 희불그레한 목숨
7) 기다리지 않아도 태어나고
8) 기다려도 오지 않는다
9) 59번 버스 다섯 대가 지나가도록
10) 약속한 사람은 나타나지 않고
11) 자꾸만 막히는 세검정 삼거리
12) 건널목을 다스리는 신호등 앞에
13) 보행자들의 착한 발걸음
14) 늙은 소나무 위에 둥지를 튼 두루미는
15) 다리가 길어서 알을 품기 힘들고
16) 무수한 소절의 음계를 오르내리는 동안
17) 땅속을 파고 가며 볼록한 자국을 남기는
18) 두더쥐의 속도로 이승을 떠나서
19) 평생 즐겨 먹던 무
20) 뿌리를 아래서 올려다보게 되려나

21) 여객기 창문으로 내려다보니
22) 조그만 단발 비행기 한 대가
23) 까마득히 먼 발 밑을 지나가고 있다
24) 마주치지도 않고
25) 되돌아갈 수도 없는 길
26) 한가운데 멈추어 선 민달팽이
27) 양쪽에서 질주해오는 자동차들
28) 전조등을 번쩍거리며 달려와
29) 쏜살같이 눈앞을 스쳐가는 지점에
30) 위험하게 벌렁 누워서
31) 선인장꽃을 바라본다 —「선인장꽃」 전문

1)부터 7)까지에서 시의 화자는 방바닥에 누워 선인장꽃을 바라보고 있다. '기다리다' 라는 단어의 공유를 매개로 7)에서 8)로의 전환이 이루어진다. 8)부터 13)까지는 화자의 회상이다. 세검정 삼거리에서 화자는 약속한 사람을 기다리고 있지만 그 사람은 나타나지 않는다. 14)부터 20)까지는 상상이다. 방바닥에 누워 선인장꽃을 올려다보는 화자의 실제 상황과 땅속에서 무뿌리를 올려다보는 상상 속의 상황이 상응하고 있다. '올려다보다' 와 '내려다보다' 의 대조를 매개로 20)에서 21)로의 전환이 이루어진다. 21)부터 23)까지는 또 다른 회상이다. 화자는 여객기 창을 통해 지나가는 단발 비행기를 내려다보고 있다. 24)부터는 또 다른 상상인데 8)부터 13)까지에서의 회상과 연결된다. 한 보행자가(혹은 화자 자신이) 아마도 신호가 바뀐 탓일 터인데 건널목 한가운데

멈춰서 있다. 그 보행자를 화자는 민달팽이로 상상한다. 그리고 그 민달팽이는 다시, 방바닥에 벌렁 누워 선인장 꽃을 바라보고 있는 화자 자신과 겹쳐진다. 방바닥에 누워 있는 화자나 무뿌리를 올려다보는 자나 건널목 한가운데 멈춰서 있는 민달팽이는 느린 속도의 소유라는 점에서 동일하다. 그러나 그들의 느린 속도는 빠른 속도의 세계 속에 들어 있다. 그들은 양쪽에서 질주해오는 자동차들이 전조등을 번쩍거리며 달려와 쏜살같이 눈앞을 스쳐가는 지점에 위험하게 놓여 있는 것이다.

시간이 가져다주는 변화에 대한 민감한 반응이 이번 시집의 기조라면, 그 반응은 주로 청각적 상상력에 의지하고 있다. 인간의 감각 중 청각이 기억에 대한 가장 강한 환기력을 갖고 있다는 학설에는 확실히 일리가 있는 모양이다. 김광규 시세계의 논리로 보자면 사회적 시간에서 과거의 가치상의 우위는 말할 것도 없다. 자연적 시간에서는 과거와 현재 사이의 가치상의 우열을 논하기 어렵겠지만, 그러나 늙음에 대한 탄식이나 안타까움에서 보듯 여기서도 과거가 선호된다(그리고 그 선호를 우리는 충분히 납득할 수 있다). 과거에 대한 선호가 시인의 청각적 상상력을 증폭시키는 듯, 이번 시집은 소리에 대한 묘사로 가득하다.

1) 옛날의 고즈넉한 풍경 소리
못내 그리워하며 ―「바깥 절」에서

2) 금관 악기 같은 목소리로 가끔

우수리의 숲과 들판을 부르던 사슴

—「금관 악기 같은 목소리로」에서

3) 밤이 오고 잠들면
다시 깨어나지 못할까
새소리 호들갑스럽고 —「해질녘」에서

4) 개울물 소리만 그대로 남아
때묻은 귀를 씻어주는 듯 —「점박이돌」에서

5) 고속 전철이 달려갈 때마다
견고한 금속성만
유달리 크게 들려왔다
시간이 흘러가는 소리였다 —「발틱해의 청어」에서

6) 빗소리와 새들의 노래 들려오는 창문

—「끝의 한 모습」에서

7) 풀벌레 울음 소리만 남은 숲에서
나 혼자 서성대고 있네 —「가을 숲에서」에서

소리에 대한 묘사 중 눈에 띄는 것들을 시집 배열 순서에 따라 인용했거니와, 소리가 시간의 파괴성과 관련되는 경우도 있지만(5), 대체로 소리는 과거와 연결되어 있고 자연 상태의 것이며 긍정적 가치를 지닌다. 청각적 상상력의 증폭이 어느 정도냐 하면,

목청만 빼어나게 영롱하여
요리조리 옮겨가는 새소리
아무리 좇아가도
바라볼 틈 좀처럼 주지 않는다 —「산까치」에서

에서처럼 청각이 시각을 압도하고,

소쩍새 소리
창문 열어놓고
어둠 속 바라보려면
눈은 감아도 된다 —「소쩍새」에서

에서처럼 청각과 시각의 교란 현상까지 생겨난다. 시각이 아니라("눈은 감아도 된다") 청각으로 바라보는 것이다. 또,

조선오이, 알타리무, 새우젓, 물오징어와 먹갈치, 메밀묵과 찹쌀떡 따위는
먹고 싶은 것이 아니라
창밖을 지나가는 소리로 듣고 싶었다
귀는 낯선 침묵에 피곤해지고
입은 아무리 떠들어도 적적하기만 했다.
—「듣고 싶은 입」에서

에서는 청각과 미각이 교란된다. "듣고 싶은 입"이라니!

이쯤 되면 감각의 교란이라기보다는 오히려 청각에 의한 통감각이라고 해야 할 것이다.

그 청각적 상상력이 4·19를 향할 때,

> 북한산에 진달래와 철쭉꽃 활짝 피어나면
> 소쩍새 소리만 옛날과 다름없을 것입니다
>
> —「서른다섯 해」에서

라는 시구를 낳는다. 「서른다섯 해」의 화자는 1960년 4월 19일생으로 설정되어 있거니와, 1995년 현재 35세인 이 화자의 회상에 따르면 그 동안 세상은 "엄청나게 변했"고 그 변화 속에서 4·19는 완전히 망각되거나 배반당했다. 4·19 당시와 같은 것은 "소쩍새 소리"뿐인 것이다. 이 화자는 물론 김광규의 자의식의 소산이며 4·19 세대의 양심의 의인화이다. 그러고 보면 김광규의 '좋은 옛것'의 원형은 바로 4·19가 아닐 것인가. 실제로 김광규의 시쓰기는, 등단 이래 지금까지, 망각되어가고 배반당해가는 4·19에 대한 반성과 비판이라는 맥락을 떠난 적이 한시도 없었던 것이 아닌가. IMF 관리 체제로 귀결되고 만 소위 문민 정부의 총체적 실패는 어느 의미에서 4·19 세대의 마지막 패배라는 측면을 가지고 있다. 그 패배 속에서 4·19 세대의 양심의 소리를 담담하게 (그러나 속으로는 고통을 견디면서) 들려주는 김광규의 시는 귀중하다 아니할 수 없다.

밤새도록 잠 못 이루고, 기침을 하면서, 지나간 생애의 어둔 골목길을 더듬더듬 걸어갔다.

〔………〕

그런데, 불도 켜지 않은 채, 모서리 창가에 앉아, 밤새도록 구시렁거리는 저 노틀은 누구인가. 어느 집 어르신인가, 늙은 정년 퇴직자인가, 한 겁 많은 서민인가. 아니면 바로 나 자신인가. 그렇다면, 저 아래 어둔 골목길을 헤매고 있는 사람은 또 누구란 말인가. —「밤새도록 잠 못 이루고」에서

창가에 앉아 구시렁거리는 사람이나 어둔 골목길을 헤매고 있는 사람이나 반성적 자아의 고뇌의 형상화라는 점에서 공통된다. 그들은 모두 시인의 분신이면서 동시에 4·19 세대의 양심의 의인화이다. 고통 속에 씌어지는 김광규의 고통의 언어가 4·19 세대뿐만 아니라 마비되어가는 우리 모두의 양심을 찌르는 예리한 가시가 되기를! ▨